LETTRE

DE

JACQUES BONHOMME

A MESSIEURS LES DÉPUTÉS

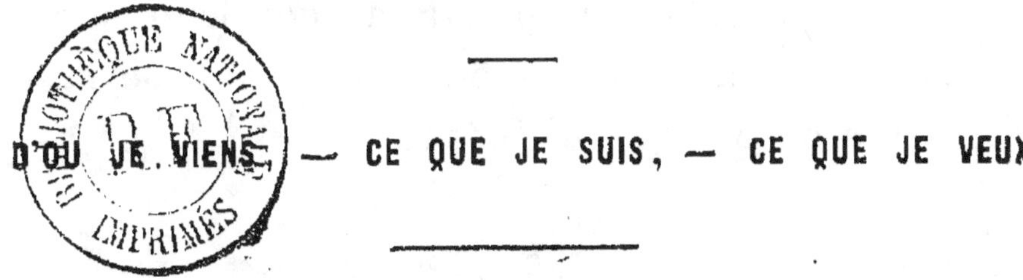

D'OÙ JE VIENS — CE QUE JE SUIS, — CE QUE JE VEUX

Je suis Jacques Bonhomme, messieurs les Députés ; j'habite Brignancourt, petit hameau de Seine-et-Oise, situé dans le voisinage de Pontoise-la-Picarde et à une portée de fusil de Marines.

Vous me connaissez bien, quoique vous m'oubliez quelquefois, mais je suis sans rancune et ne m'appelle pas Jacques Bonhomme pour rien. Permettez-moi de vous rafraîchir la mémoire et de vous tracer à la hâte mon portrait pour vous épargner des frais d'imagination.

Je suis d'un âge moyen, entre la jeunesse, qui veut trop, et la vieillesse, qui ne peut plus assez ; et il ne faut point s'étonner, quoique je sois en pleine maturité

1871.

et force, de voir sur mes tempes briller quelques fils d'argent : si je grisonne un peu, c'est que j'en ai vu de grises.

Sain comme un gland, vert comme un chêne, j'ai l'estime des honnêtes gens de mon village, et même à trois lieues à la ronde on connaît Jacques Bonhomme. On veut bien m'accorder du bon sens, voire de l'esprit, et je crois que l'on n'a pas tort.

Quand je rêve dans mon coin, il m'arrive, le soir, après avoir bêché, planté, semé, labouré, quand je suis rentré dans mon logis, tout en écumant ma marmite de fonte qui pend joyeusement à la crémaillère, il m'arrive de penser, de lire les livres d'histoire et aussi les journaux, qui tous m'apprennent que je suis la clef de voûte de l'édifice social. Pardieu ! la belle nouvelle ! voilà plus de deux mille ans que je le sais, même avant l'Evangile et l'imprimerie. Cela me flatterait de compter pour quelque chose, si depuis plus de vingt siècles je n'avais payé bien cher cette piteuse vanité. On me répète sans cesse : « Jacques Bonhomme, tu es le maître. » — Le maître de quoi, s'il vous plaît? — Payer, toujours payer, est-ce une honnête et droite façon d'être le maître? Mes vertus, il faut que je les paie, passe encore! mais payer les vices et les sottises d'autrui, convenez-en, c'est trop dur, et cela me chagrine.

De père en fils, tous les Jacques Bonhomme ont gardé, comme une douloureuse relique, les traditions du passé, que les anciens racontent à la veillée; et je voudrais aujourd'hui, messieurs les députés, causer un brin avec vous de mes affaires que je vous ai confiées.

Il y a quelque temps un de vos collègues eut l'idée d'allumer une *lanterne*, sans doute dans le dessein de voir plus clair dans mes affaires et peut-être aussi dans les vôtres. Un vent d'orage a brisé les vitres de cette lanterne, dont la lumière parfois trop vive, s'est éteinte, à la satisfaction de bon nombre de gens : « *qui malè agit, lucem odit.* »

Moins ambitieux, je me contenterai d'allumer une humble chandelle; si, pendant nos causeries la mèche s'obscurcit ou s'allonge, je la moucherai hardiment avec mes doigts secs et calleux.

Vous, messieurs les députés qui marchez, — rappe-
lez-vous qu'il faut marcher, — à la tête de notre nation,
qui sait? vous ne serez peut-être point fâchés de ren-
contrer sur votre chemin la chandelle de Jacques Bonhomme. J'ai au fond de ma vieille besace quelques
vérités qui me semblent bonnes à dire, et l'envie m'est
venue d'en jaser de temps en temps avec vous sans
prétention et sans malice. Si je ne suis pas un beau
parleur comme vous, du moins je dirai nettement les
choses, tout cru, tout nu.

Oui, mes soirées d'hiver, pendant que ma vaillante
femme Jacqueline raccommode les vêtements usés et
troués par le travail quotidien, je veux les employer à
coucher sur le papier mes petites idées et mes
réflexions de campagnard, sur la situation actuelle de
la France que j'aime et sur les réformes à intro-
duire dans nos codes. J'essayerai de dire tout haut
ce que les vrais honnêtes gens pensent tout bas

au fond du cœur, et d'être l'interprète de l'opinion
générale des habitants des campagnes.

De grâce, messieurs les députés, ne soufflez pas ma
pauvre chandelle : on a parfois besoin d'un plus petit
que soi, et la preuve, c'est que, sans Jacques Bonhomme, vous iriez cet hiver à la chasse, ou vous vous
chaufferiez au coin de votre feu, si je ne vous avais pas
prié d'aller vous fatiguer à l'Assemblée nationale pendant que je mène la charrue.

Tout paysan que je suis, je ne laisse pas d'être de
bonne maison, et mes quartiers de noblesse forment
une chaîne non interrompue, dont le premier anneau
se perd dans le brouillard des temps : comme les
rois, comme ceux qui se sont baptisés eux-mêmes
gentilshommes, comme vous, messieurs les députés,
je descends d'Adam et d'Eve en droite ligne.

C'est ce que j'ai à vous exposer dans cette première
lettre, s'il ne vous en coûte pas trop de me prêter
votre oreille, la bonne, celle que vous dressez en
l'honneur de ces riens, approfondis dans de si longs
discours.

***

Il y a deux mille ans, j'étais encore bien jeune, comme vous le pensez, et je le suis resté en dépit des siècles; j'ai la jeunesse immobile, éternelle, comme la vérité, comme la justice, et je ne puis vieillir, car je je suis le peuple, le nourrisseur infatigable de la patrie. Je suis l'ami de la terre, dont j'aide la fécondité et qui me récompense de mon travail par ses fruits, ses moissons et ses vignes, par ses pâturages verts où s'éparpillent les troupeaux.

Avant la venue du Christ, j'occupais un riche domaine qui s'étendait entre la Méditerranée, l'Océan et le Rhin. De hautes montagnes qui l'entouraient, rompaient l'aile des vents étrangers et semblaient le séparer du reste de l'univers comme un pays prédestiné. Blé, vin, huile, tout y croissait en abondance. On eût dit que la main de Dieu y avait semé avec complaisance des villes florissantes et l'avait arrosé de fleuves et de rivières qui, tout en fécondant le sol, rapprochaient les habitants par la facilité des communications.

Là, l'immense famille de Jacques Bonhomme vi-

vait heureuse au milieu des trésors que la nature avait
prodigués à mains pleines ; elle pouvait se passer du
reste du monde, ne demander rien à personne et s'é-
panouir en paix sous les rayons de son soleil tempéré.

A côté de ce beau soleil, il y avait bien un peu
d'ombre, il est vrai : nos druides, les prêtres de cette
époque, nous traitaient parfois en esclaves et nous
brûlaient pieusement, à l'occasion, dans des paniers
d'osier pour la plus grande gloire du grand Teutatès ;
mais, somme toute, ces petites fêtes étaient des acci-
dents, on ne rôtissait pas tout le monde, nous nous
accordions assez bien entre nous, et vaille que vaille
Jacques Bonhomme était maître chez lui.

Etre le maître chez soi ! manger son blé, boire son
vin, traire ses vaches pour son propre compte, se
chauffer à son foyer avec les bûches que l'on a cou-
pées soi-même dans la forêt voisine, quoi de plus sim-
ple, de plus naturel et de meilleur ? Comme l'a dit un

vieux bonhomme, qu'il fait donc bon d'être « *chascun dans sa chascunière !* »

Plus je travaillais, et j'y allais dur du collier, plus je voyais s'accroître mon bien, et je cheminais doucement jusqu'au bout de la vie, entre ma femme et mes enfants, à qui je devais laisser mon héritage. Sauf les années de sécheresse et les grillades des Druides, je n'avais qu'à bénir Dieu de sa bonté et de mon bien-être.

Mais, un beau jour, un homme de petite taille, sec et chauve, traînant à sa suite des légions de soldats, qui marchaient dru et serrés comme les blés dans les sillons, nous arriva du midi et envahit la terre de mes ancêtres. Ce capitaine chauve s'appelait Jules César.

Que fit-il ? Par son ordre, on pendit mes juges de Vannes, on vendit le reste des habitants, on coupa les mains à ceux de Quercy, on incendia nos villes et nos bourgades, et l'on me permit de rester chez moi à la condition que je serais esclave, là où j'avais été possesseur libre.

Jacques Bonhomme et les siens furent gouvernés par d'autres lois, assujettis à une autre religion ; bref, nous perdîmes tout, nos maisons, nos champs, nos troupeaux, même nos bons Druides et les rôtisseries annuelles du bon Teutatès.

Néanmoins, quand je fus bien réduit en servitude, quand mes vainqueurs me crurent résigné, ils se relachèrent de leurs premières rigueurs, et mon sort s'adoucit peu à peu. A force de patience, à force de travail, j'avais par degrés presque reconquis ma liberté et reconstruit mon patrimoine : je ne donnais pas tout au maître, je gardais ma part et aussi large que je pouvais.

J'oubliais mes misères passées, j'avais pardonné et je commençais à marier mes filles avec les descendants des soldats du Chauve.

Je reverdissais, et, comme l'enfant dont la croissance déchire les vêtements trop étroits, je brisais une à une mes entraves, lorsque cinq cents ans environ après la malvenue du Chauve, une invasion vint encore me couper l'herbe sous le pied.

Cette fois l'ouragan soufflait du nord. Des masses

d'hommes, sortis des marais du Rhin et du Mein et des forêts de la Germanie, s'abattirent, comme une nuée de corbeaux sur mon domaine, c'est-à-dire sur celui du Chauve. On les appelait Bourguignons, Vandales, Suèves, Visigoths, etc., gens d'esprit, d'ailleurs, et fort propres, qui frottaient avec du beurre rance leur barbe et leurs cheveux roux.

Ces émigrés, d'une taille élevée, parlaient du gosier, et leurs chefs avaient des noms étranges et rudes à prononcer, tels que Karl, Kildérick, Klodovig, Sighebert, etc. Les ancêtres de ces grands dignitaires avaient été, disait-on alors, condamnés aux bêtes à Trèves par les empereurs romains, successeurs du Chauve, et ils venaient prendre une revanche sur Jacques Bonhomme et le punir d'un crime qui n'était pas le sien. Comme les romains les avaient jadis jetés aux tigres et aux lions, ils n'eurent rien de plus pressé que de faire de moi une bête de somme ; quoi de plus juste ? C'est toujours ainsi que mes maîtres ont raisonné et agi à mon égard.

Ces hordes chevelues et barbares me confisquèrent tout une seconde fois, mon patrimoine à moitié réédi-

fié, ma liberté presque reconquise, et jusqu'au nom
de ma patrie : ma chère Gaule prit le nom mélodieux
de *Frankreich.*

Ce qui était advenu au temps de Jules-César se re-
nouvela. Après le pillage et l'incendie, on m'octroya
des lois où je ne voyais goutte, et une religion dont il
fallut m'accommoder. Que faire en pareille occurrence?
Devais-je rester fidèle à mes anciens maîtres ou me
livrer aux nouveaux ? C'était, comme on dit dans mon
village, bonnet blanc ou blanc bonnet. On avait beau
tout changer, j'étais encore et toujours Jacques Bonhomme comme devant, laboureur, bûcheron, artisan
au profit d'un étranger, en un mot, bête de somme.

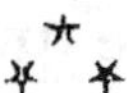

Un prêtre des conquérants que je consultai, me répondit : « Mon fils, il faut être pour Dieu, or, Dieu est
aujourd'hui pour le Nord idolâtre contre le Midi hé-
rétique. » Pendant que je méditais sur ces paroles, me
demandant pourquoi Dieu, qui est juste et bon, qui
a créé pour tous les hommes la terre et ses merveilles,
me courbait en servage devant des maîtres inconnus ,
il se fit autour de moi un grand fracas d'armes et de

chevaux ; l'odeur du sang répandu monta jusqu'au ciel, et j'appris que tout était fini.

Les hommes barbus et chevelus se précipitèrent sur ma demeure, se firent des lots de mon mobilier, mesurèrent le sol pour se le partager et se décrétèrent des lois, sans plus songer à Jacques Bonhomme que si Jacques Bonhomme n'eut pas existé.

Inquiet de savoir quelle devait-être ma destinée entre les anciens maîtres et les nouveaux, j'interrogeai le même saint homme qui m'avait engagé à obéir à Dieu. « D'après la nouvelle loi, me dit-il, tu es un *litus ceu villanus noster*, ce qui signifie qu'on t'accorde la vie sauve, à la condition que tu laboureras toi-même et cultiveras les terres pour l'étranger devenu ton maître. »

Il fallut baisser la tête et baisser l'échine : j'avais cessé d'être une créature humaine, j'étais confondu avec les arbres et les troupeaux sous le nom commun de fonds de terre : — une chose, monnaie vivante (*pecunia viva*), homme de fatigue, homme lié à la glèbe, — enfin un tas de mots qui voulaient dire : « Jacques Bonhomme, tu n'es plus rien. »

Figurez-vous un homme qu'on dévalise sur un grand chemin, qu'on débarrasse de ses habits, de ses souliers, de tout. Un des bandits ému de pitié lui rend sa chemise. Après m'avoir dépouillé, *ce* fut à peu près cela qu'on me laissa : les conquérants me voyant nu comme un ver, eurent la politesse de m'habiller d'un nom fallacieux, et ils m'appelèrent *serf* au lieu d'*esclave*, comme m'avait désigné le Chauve.

Ils se perchèrent sur des montagnes escarpées, dans des espèces de nids d'aigle, d'où ils descendaient fréquemment pour rançonner le pays, c'est-à-dire Jacques Bonhomme. Par force, ils m'imposèrent l'honneur de bâtir leurs châteaux-forts, et ils se donnèrent des titres pompeux, comtes, barons, chevaliers. J'étais devenu la chose de ces aimables seigneurs, qui seraient morts de faim dans leurs donjons sans le travail et l'industrie de Jacques Bonhomme, le souffre-douleurs, la bête de somme.

A mes maîtres la fine fleur de la farine, à moi le

pain noir, quand on m'en laissait ; à eux les vins généreux, à moi la piquette aigre, quand les soudards ne me la buvaient pas ; à eux les fêtes et les tournois, à moi le travail ; à eux la pourpre, la soie et mes écus, à moi la bure grossière, la misère et la mort.

Moi et mon patrimoine, on nous divisa en plusieurs compartiments sous des maîtres divers et obéissant à des lois particulières, où la justice, s'il y en avait, n'était pas pour moi : je payais les frais de justice, mais je n'en bénéficiais pas. J'étais gouverné par le caprice, par le bon plaisir, victime de toutes les passions du seigneur ; et, outre un maître absolu qui tenait ma vie à sa merci, j'eus des demi-maîtres, des quarts de maître ; mon bonnet de laine était gras à force de saluer, mes genoux parcheminés à force de se poser en terre.

J'étais un mouton auquel il était défendu de bêler, même quand l'on me tondait trop ras de Noël à Pâques et de Pâques à Noël. On dévidait à mes dépens tout un chapelet ruineux, dont chaque grain portait des noms ingénieux et qui me coûtaient cher : corvée, taille, dîme, etc.

On me contraignait à travailler six jours par semaine, et j'avais une journée à moi. Mais au lieu de pleurer sur mon infortune ou de me reposer, je travaillais ferme, afin de gagner un peu de bien exempt de droits et de redevances.

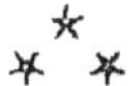

C'est à peu près vers cette époque que remonte l'invention du fameux bas de laine ou je cachais mes angelots et mes deniers gagnés à grand'peine. Ma pauvre femme Jacqueline, en a-t-elle tricoté de ces bas de laine, que souvent on me dérobait! Il fallait recommencer.... Jacqueline reprenait son rouet et sa quenouille, moi la cognée et le hoyau.

De temps en temps, quand un seigneur avait besoin d'argent, si j'en refusais ou si je n'en avais pas, on me pendait haut et court, comme on disait gaiement, à la branche d'un des arbres qui avaient jadis appartenu à mes pères.

Peu à peu, la vanité ou l'intérêt allumèrent des querelles entre tous mes maîtres, et, comme guerroyer dévore de l'argent, vers qui courait-on? Vers moi, toujours vers moi : on se battait sur le dos de Jacques

Bonhomme, qui, préférant sa vie à ses écus, payait et vidait son éternel bas de laine dans l'escarcelle seigneuriale.

Si je payais en temps de guerre, je payais en temps de paix. Souvent, brisé de fatigue, je m'asseyais sur une motte de terre, je regardais les blés se dorer au soleil, et je me disais : « Jacques Bonhomme, chacun de ces épis contient une goutte de ta sueur... » Que de fois, j'ai maudit la fécondité de ma femme !... En vertu de je ne sais quelles lois, on me prenait mes filles si elles étaient belles, et mes garçons s'ils étaient forts !...

Après s'être affaiblis par leurs luttes et leurs convoitises, un des seigneurs, devenu plus puissant que les autres, prétendit avoir seul des droits sur la terre, sur le travail et sur l'âme de Jacques Bonhomme. Il s'appela *basiloi* ou *roi*.

Une troisième fois, je changeai de maître ; et l'on me mit sur l'échine une nouvelle étiquette : j'avais été

esclave, puis serf, je devins sujet. Gardez-vous de croire
que mon sort fut amélioré. Ce fut encore pour moi le
même histoire, la même servitude. Sous ce nouveau
régime, je payais des impôts fixes, il est vrai, mais c'é-
tait toujours des impôts, « *tallias rationabiles,* » comme
disait notre vieux procureur, ce qui était loin de si-
gnifier : « des impôts raisonnables, » car, si d'une main
je donnais au roi, de l'autre je donnais au seigneur.
A la dîme et à la corvée s'ajoutèrent le fisc et la ga-
belle, sans parler du joyeux avénement et de plusieurs
autres inventions imaginées pour me pressurer et me
dépouiller. Quand j'osai me plaindre que je gagnais
trop peu en un jour par semaine et qu'on m'écor-
chait en me tondant, on se contenta de répondre :
« Jacques Bonhomme crie, mais il paiera. »

C'en était trop. Jusqu'alors j'avais supporté avec la
patience du bœuf de labour l'infortune, même l'injus-
tice, mais on se moquait de moi, et je ne pus tolérer
un tel outrage.

Oubliant ma faiblesse, je me précipitai nu, sans armes, avec ma faulx, instrument de mon travail et mon

bàton, compagnon de mon rude voyage, contre mes oppresseurs protégés par leurs soudards et leurs forteresses. Mais, par malheur, chefs, amis et ennemis, tous se réunirent pour m'écraser, et je tombai percé de coups de piques, mutilé par la hache. C'est la *Jacquerie Bonhomme.*

On ne m'acheva pas : on avait besoin de moi. Qui cultivait la terre ? Jacques Bonhomme ; qui soignait la vigne ? Jacques Bonhomme ; qui labourait ? Jacques Bonhomme ; qui payait ? Jacques Bonhomme.

Je me relevai, tout écloppé, comme on le devine, et je m'embourbai dans l'esclavage plus bas qu'auparavant. Les seigneurs et le roi me concédèrent, avec la vie, la grâce de travailler encore pour eux. Ce n'est pas d'aujourd'hui, messieurs les députés, que ceux qui tirent les marrons du feu, les croquent au nez et à la barbe de ceux qui les font cuire. Je me remis donc au travail avec ardeur, mais avec plus de prudence, en ayant soin de mieux cacher mes écus, et sol à sol, le septième jour de chaque semaine, je grossissais mon petit magot. Le roi, me croyant plus utile que les nobles, se risqua même à me protéger un peu contre leur rapacité. On caressait Jacques Bonhomme dès qu'on avait besoin de lui.

Un jour enfin se rencontra où le roi, épuisé par des dépenses folles, manqua d'argent. Au lieu de mettre les mains dans ses coffres vides, il voulut fouiller dans les poches de Jacques Bonhomme, qui le nourrissait de son travail. Comme j'avais logé en cachette sûre l'argent du septième jour, je souris à la demande du roi, qui tâta mes chausses et n'y trouva rien. Il se douta de quelque chose, et, pour m'amadouer, il m'appela en son Conseil. Je me fis un peu tirer l'oreille, je me donnai des airs fiers, et certes j'en avais bien le droit. — Qui fut mécontent? — mes anciens maîtres, parbleu? et l'étonnement ne fut pas mince, quand on entendit sonner mes sabots sur le pavé de la *grande ville*. « Où vas-tu, Jacques Bonhomme? me demandait-on. — Je vais parler au roi, » répondais-je. Les bras leur tombaient à tous de stupéfaction, quand on vit le roi compter avec moi et que je lui dis : « Sire, tu auras mon argent, mais à la condition que j'aurai le droit absolu et imprescriptible de propriété et de liberté. — Touche-là, Jacques Bonhomme, » répondit, en me tendant la main, le roi qui bientôt après manqua à sa parole.

Le peuple était assis dans les ténèbres, comme s'exprime l'Évangile, lorsqu'une grande lumière s'éleva dans la nuit du 4 août 1789. Tous les descendants des conquérants, qu'on appelait nobles, parcequ'ils m'avaient dépouillé, abjurèrent leurs privilèges et vinrent les offrir sur l'autel de la patrie. Un tel miracle social, vous le savez, était inouï dans l'histoire. Les visages étaient rayonnants, les mains se serraient à l'envi, on s'embrassait, et ma main semblait douce à ceux qui l'avaient durcie depuis tant de siècles. Oubliant mes douleurs passées et la lourde série de mes sacrifices, je pleurais d'attendrissement.

Pourquoi le roi trahit-il sa promesse?... pourquoi s'est-il rétracté?... Il y eut lutte, lutte à mort, et je

triomphai, mais, par malheur, aigri par une misère de
tant de siècles, au lieu d'user de ma victoire, j'en abu-
sai et me montrai cruel dans mes représailles. Ces
excès, qui ont retardé l'heure définitive de la justice,
m'ont empêché de recueillir les bénéfices de ma liberté. Oui, je dois l'avouer, je me suis alors saoûlé de
liberté, et pendant que j'en cuvais l'ivresse, des hommes, conseillés par leur ambition personnelle, ont
confisqué mes nouvelles conquêtes, de sorte que, au
moment où je me croyais libre, j'étais encore esclave.

Pendant que je regrettais mes champs, mes vignes
et mon toit de chaume, un soldat vint à moi, qui me
dit : « Jacques Bonhomme, que fais-tu là ? viens avec
moi. Tu as été tour à tour esclave, serf, sujet, rotu-
rier et tributaire. Viens avec moi : je te rendrai l'égal
de tes anciens tyrans ; d'un palefrenier je ferai un roi ;
tu ne pouvais être officier autrefois, tu seras demain
général, maréchal, je te donnerai la fortune, la liberté
et la gloire. »

J'hésitais devant les séduisantes paroles de ce nouveau César, qui voulait des lauriers pour cacher son

front chauve ; mais le tambour bat, le clairon sonne, et me voilà emboitant le pas et me mêlant à ces armées qui, sac au dos, visitaient toutes les capitales, au nord, au midi, à l'est, sur la neige ou sous des soleils de plomb. Après bien des courses aventureuses, meurtri par la gloire, je rentrai dans la grand'ville, avec une jambe de bois, un bras de moins, sans parler d'un œil crevé ou d'un nez oublié sur je ne sais quel champ de bataille.

Le soleil d'Austerlitz se coucha dans une ombre sanglante... Waterloo !... ce qui me donna l'occasion de revoir les corbeaux germains.

Beaucoup d'entre vous, messieurs les députés, sont issus de la famille de Jacques Bonhomme, qui vous prie de vous en souvenir, et mon histoire est un peu la vôtre.

Je me suis enveloppé dans la résignation, dans un demi-sommeil, mais, retombé sous la main des conquérants et redevenu sujet, j'ai guetté l'heure propice de la liberté jusqu'au 4 septembre 1870. Dès ce jour je m'appartiens, je ne veux plus de maître. Aujourd'hui je vous ai confié mes intérêts, qui sont aussi les vôtres ; et moi qui paie toujours, même étant libre, je vous paie pour être mes administrateurs, mes inten‑dants, et j'ai le droit de voir clair dans mes affaires et de vous donner mes avis.

Il faut, souvenez‑vous‑en, messieurs les députés, il faut en 1872, une nouvelle nuit du 4 août ; car, avant de songer à édifier une nouvelle Constitution, dont nous pouvons nous passer, il est nécessaire de dé‑blayer le terrain de toutes les entraves qui tueraient la liberté, de balayer les parasites sociaux, et de voir tous les privilégiés faire bon gré mal gré sur l'autel de la patrie, comme dans la nuit du 4 août 89, le sacri‑fice de leurs privilèges. Trop longtemps j'ai ployé sous l'impôt de la sueur, des larmes et du sang ; je ne veux plus retourner en arrière.

A l'œuvre donc, messieurs les Députés, ne faites pas fi des conseils de Jacques Bonhomme, que le malheur a couronné d'expérience. Je mettrai ma chandelle inflexible sous le nez des monopoles qu'il faut détruire : charançons ou parasites politiques, administratifs, judiciaires, universitaires, sans oublier ceux de la finance, de l'armée et des chemins de fer, qui ne sont pas les moins curieux de la collection.

FIN

PARIS. — IMP. VICTOR GOUPY, RUE GARANCIÈRE, 5,

EN VENTE A LA LIBRAIRIE DÉMOCRATIQUE

33, rue Montmartre, 33

Lettre de Jacques Bonhomme à MM. les Députés : *D'où je viens, ce que je suis, ce que je veux.* in-16. . . . . : 15 c.

Une Réforme nécessaire (*la Procédure secrète*), par P. JUSTICE. . . . . 05 c.

L'Avenir de nos Enfants, par Emile DELANNOY. . . . . 50 c.

    I. L'Avenir de nos Enfants. — II. L'Instruction nécessaire. — II. l'Evêque d'Orléans et l'Enseignement obligatoire, gratuit et laïque. — IV. L'Enseignement laïque, gratuit et obligatoire. — V. L'Instruction des Filles. — VI. L'Enseignement professionnel. Les Adultes. — VII. L'Ecole normale. — VIII L'Instituteur.

La France régénérée par la Liberté, par E.-H. FREEMAN. 50 c.

    I. La France régénérée par la Liberté. — II. L'unité française et la décentralisation. — III. La Commune libre. — IV. Le Département libre. — V. l'Etat. — VI. De la Souveraineté. — VII. Le Mandat. — VIII. La France armée.

SOUS PRESSE

L'Assistance publique, par G. LATOUR.

L'Avenir de nos Enfants. — *L'Enseignement supérieur*, par E. DELANNOY.

Questions sociales, par P. JUSTICE.

Lettre de Jacques Bonhomme à MM. les Députés. — *Les Parasites.*

PARIS. — IMP. VICTOR GOUPY, RUE CARANCIÈRE, 5.